청춘을 위한
부자수업 필사노트

나는 그저 내 길을 가면 된다

청춘을 위한
부자수업
필사노트

나는 그저 내 길을 가면 된다

글 **법상**

마음의숲

prologue

파장과 파동의 문장

문장에도 파장이 있고 파동이 있습니다. 좋은 파장과 파동을 가진 문장을 읽을 때 특히 그것들을 써내려갈 때 그 울림은 우리의 몸과 영혼을 깨우고 치유합니다. 내 인생을 바꾸게 하는 문장이 되는 것입니다. 《나는 그저 내 길을 가면 된다 – 청춘을 위한 부자수업 필사노트》는 법상스님의 책 《부자수업》에서 그동안 많은 독자들이 밑줄을 긋고 즐겨 회자되는 글들 중에서 가난하고 아파하고 절망하는 청춘들을 위해 뽑은 문장입니다.

진정한 치유는 지금 이대로의 아픈 나,

상처받은 나, 고통스러운 나를

있는 그대로 깊이 받아들여 주고,

지금 이대로를 사랑해 줄 때 시작된다.

힐링(healing)은 치유를 뜻합니다. 언젠가부터 우리는 이 힐링이

라는 말을 끊임없이 써왔습니다. 힐링여행, 힐링캠프, 힐링음악,

힐링독서…. 그럼에도 불구하고 세상은, 사람들의 마음은 진정되

지 않고 더 많은 힐링을 필요로 하고 있습니다. 왜 그럴까요. 나

의 내면 즉 마음을 들여다보지 않고 지금 당장 힘들고 아픈 나의

외면만 힐링을 하기 때문입니다. 법상스님은 말합니다. 지금 이대

로의 힘겨운 나, 상처받은 나, 가여운 나를 내면 깊이 받아들이고

껴안을 때 비로소 진정한 치유가 시작된다고.

이것은 지혜의 문장이자 사람을 살리는 말입니다. 실제로 깊은

상처로 슬픔과 실의에 빠져있던 어떤 한 청춘이 다음과 같은 한

문장을 읽고 적으며 그 좌절을 이겨냈다고 합니다. 법상스님의 청

춘을 위한 부자수업 필사노트를 만들게 된 계기이기도 합니다.

행복하고 순탄할 때뿐만이 아니라,

불행하고 힘들고 괴롭고 잘 안 풀려나갈 때,

그때도 우리 인생에 놀라운 가피와 은혜로 깃든 순간들이다.

그것은 전혀 나쁜 상황이 아니다.

나를 비워주고, 깨워준다.

문장이 우리의 마음을 치유하기도 합니다. 그것을 직접 써내려갈 때 그 문장은 쓰는 이의 육체를 거쳐 내면으로 들어와 정신을 어루만져줍니다. 어느새 편안해지고 자신감이 생기며 마음이 풍요로워짐을 알게 될 것입니다.

흘러가거나 날아가 버리지 않는 것, 다시 기록으로 새겨져 육화되는 것, 그것이 필사의 의미입니다. 좋은 글을 직접 쓰는 것은 집중력과 기억력을 향상시키는 필사의 의미만이 아니라 문장을 새기면서 온몸과 마음에 좋은 기운을 불어넣는 것입니다.

이 책《나는 그저 내 길을 가면 된다 – 청춘을 위한 부자수업 필사노트》는 'life ; 나의 존재, mind ; 나의 마음, time ; 나의 시간, dream ; 나의 꿈'이라는 네 가지 키워드별로 나누어 필사를 하게 만들었습니다. 살아가면서 끊임없이 부딪히고 흔들리고 넘어지고 일어서며 살아가야만 하는 인생에 끝까지 붙잡고 놓치지 말아야할 주제는 '나'입니다. '자존감'입니다. 내 삶에 내가 주인 공이어야 한다는 것입니다. 임제 선사가 말한 '수처작주 입처개진 (隨處作主 立處皆眞)', 즉 어느 곳, 어떤 처지에서도 주관을 잃지 말고 내가 주인이되라는 뜻과도 상통합니다.

나는 그저 내 길을 가면 된다.

이 문장을 쓰고 가슴에 새기고 오롯한 나만의 멋지고 행복한 길 을 가시기 바랍니다. 내가 스스로 내 삶을 주도하는 진실된 힘을 갖게 될 것입니다.

꿈이나 바램을 이루고자할 때 간절히 원하며 말하고 기도하는 것 보다 직접 글씨로 쓰며 실천해나가는 것이 더 효과가 있다는 것을 이 필사를 통하여 느낄 수 있을 것입니다. 읽는다는 평면적 행위 를 넘어 능동적으로 진리의 문장들을 온몸으로 받아들이고 하나 가 되어감을 느껴보길 바랍니다. 한 글자 한 글자 써나가는 손끝 에 우주 먼 곳 어디선가 당신에게 화답을 하는 좋은 파장과 파동 이 전해지길 바랍니다.

차례

life

;

나의 존재

나는 / 세상을

세상은 / 나를 살린다

나는 그저 내 길을 가면 된다.

가장 나다운 것이야말로 가장 진리다운 것이다.

지금 나에게 주어진 것이 아무리 못났고
마음에 안 들고 별로라고 할지라도,
바로 그것을 있는 그대로 허용하고
받아들이는 데에서 시작해 보라.

바로 여기에 답이 있다.
이것이 진실이기에, 진실을 거부하지 않을 때,
진리는 진리로 피어난다.

자기다운 삶은

전혀 애쓰지 않아도

저절로 주어진 것이기에

쉽고 단순하다.

그리고 더 큰 열정과 에너지가 샘솟는다.

내가 바로 곧 삶이고,

우주이고, 그 모든 것이다.

지금 내 눈앞에서

벌어지고 있는 바로 그것이

곧 나 자신이다.

지금 내 앞에서

펼쳐지고 있는 이것이

가장 눈부신, 내가 그토록 원하던

바로 그것이다.

삶은 경험을 통해 배우는 깨달음의 장이다.

하나가 끝나면 다른 하나가 시작된다.

문이 닫히면 새로운 문이 다시 열린다.

삶의 모든 가능성과 변화에 마음을 활짝 열어라.

분별의 눈으로 보지 않으면,

있는 그대로를 그저 있는 그대로 보면,

우리 앞에 모든 것이 있다.

거기에 진실이 있고 진리가 있다.

나의 진실이 눈앞에 다 드러나 있다.

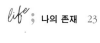

나는 내 인생을 온전히 사는 것을 통해

이 우주에 사랑을 보내고 있다.

나는 세상을, 세상은 나를, 살린다.

아무리 작은 것일지라도

그것을 느끼는 감각을 깨닫는다면

그것은 그 무엇으로도 대체할 수 없는

무한한 행복이 된다.

지금 이 순간 속에 당신이 원하는

그 모든 것은 이미 구족되어 있다.

이미 충족되어 있다.

당신은 전혀 결핍되어 있지 않은 존재다.

지금 이 순간의 이 단순함으로 돌아오라.

이 평범함으로 돌아오라.

여러분은 지금 생각하는 것보다

훨씬 더 크고 깊은 존재다.

완벽하고 완전한 존재다.

풍요로운 존재다.

이를 깨닫게 되면

완전히 내보내는 작용이

저절로 이루어지게 된다.

동시에 내보내는 것이

곧 들어오는 것과 직결돼 있다는 것을

분명히 깨닫게 된다.

영화의 내용과는 상관없이 스크린은

언제나 그 내용에 물들지 않듯,

삶 위에 어떤 일들이 일어나더라도

깊이 개입되지 않으면

언제나 우리는 텅 빈 바탕으로

배경으로 남게 된다.

흔적 없이, 걸림 없이,

자유롭게 살아갈 수 있게 된다.

지금 있는 이것과 함께
춤을 추고 마음껏 놀아주라.

지금 있는 이것을 받아들이게 되면,
삶에 더는 할 일이 없다.
힘쓰고, 힘 빼고, 짜증 내고,
싸우고, 도망칠 일이 사라진다.

가볍게, 즐기듯, 놀이하듯,
릴렉스한 상태에서 살아가면서도
그 무위함이 없는 가운데
무한한 힘과 지혜와 열정이
삶을 꽃피우게 된다.

내가 감동하고 감탄하며 찬탄하는 것은

그대로 내 인생에 창조된다.

더 많이 감탄할수록 더 많이 눈에 뜨이고,

더 많이 찬탄할수록 더 빛나는 순간이

내 인생에 드러난다.

내가 나를 규정짓는 것이지

그 누구도 대신해서

나를 규정짓지 못한다.

그리고 내가 짓는 자기규정에

우주는 언제나 동의해 준다.

당장 시작할 수 있는

작은 것부터 먼저 행동하고,

먼저 말로 표현하게 된다면,

머지않아 우리의 의식도 변화되게 될 것이다.

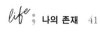

당신은 그 어디에도

갇혀 있지 않은 존재다.

스스로 울타리를 치기 전까지는.

삶의 어느 순간에는 훨훨 하늘을 날며

쌓고 채우고 얻고 배움으로써

자신의 가치를 세상에 드러내고 인정받고

무언가를 성취해야 하는 순간이 있는 법이다.

그러나 또한 균형의 법칙에 따라

또 다른 순간에는 비우고 놓으며

텅 빈 공(空)으로 돌아가는

휴식과 이완의 시간도 필요하다.

우리는 바로 그 양쪽 모두를 통해

삶을 깨달아 가야 한다.

그 모든 것을 내버려 두고,

지금 여기로 돌아와 보라.

지금 여기에서 눈앞에 생생한 진짜의 삶을

이렇게 누리고 만끽하며 살아갈 수 있다.

이것만이 진실 아닌가.

과거의 허상에서 벗어나,

지금이라는 실상으로 돌아오라.

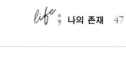

삶의 모든 변화를 허용하라.

새롭게 도전하라.

삶은 도전할 수 있어서 아름다운 것이다.

하나가 끝난다고

당신의 인생도 끝나는 것은 절대 아니다.

삶은 계속된다.

또 다른 삶의 이야기가 다시 시작되는 것이다.

mind

, 나의 마음

부자가 되려면

부자의 마음을 연습해야 한다

부자가 되고 싶다면 먼저

나는 풍요롭다는 것을 알아야 한다.

나는 부족하다, 결핍되어 있다고 생각할 때와

나는 풍요롭다, 부자다, 충분히 만족한다고 생각할 때는

천지 차이가 난다.

진정 사랑하기 때문에 돕고, 나누고, 보시한다면

상상할 수 없는 큰 복락이 되어 돌아온다는 것.

무주상보시(無住相布施)가 바로 그 뜻이다.

지혜로운 삶은 단순하다.

그저 삶을 있는 그대로 보면 된다.

다만 분별해서 보아야 한다면,

싫은 것을 보고 느끼기보다,

좋은 것을 보고 느끼면 된다.

생각에 끌려가는 것이 아니라,

생각을 지켜보게 되면

생각 너머의 근원적인 본질을 볼 수 있다.

분별과 생각을 비웠을 때

더 근원적이고 직관적인 영감에

다가설 수 있다.

내가 먼저 무한한 사랑을 베풀어야

나 또한 무한한 사랑을 받을 수 있다.

내가 하는 딱 그만큼만 돌려받을 수 있다.

내보내지도 않았는데 들어올 리 만무하다.

부유함이란

없다가 생기고 생겼다가 없어지는 것이 아니라,

자기에게 본래부터 늘 갖추어져 있었던 것임을 깨달을 때

비로소 진짜 부자가 된다.

부자가 되려면 먼저

부자의 마음을 연습해야 한다.

언제나 우선권은 마음에 있다.

마음이 부자가 될 준비가 안 되어있는데

어떻게 풍요를 담을 수 있겠는가.

그릇이 작으면

아무리 많은 비가 쏟아져 내려도

그릇 크기만큼만 담기고

나머지는 흘러내릴 수밖에 없다.

삶은 매 순간 지금뿐이다.

바로 지금 여기에서 행복하지 못하면

어느 때에도 행복할 수 없다.

자기의 분별 망상과 비교하는 마음이

지금, 이 순간이라는

이 본래 충만하고 완전한 순간을

부족하고 결핍된 순간으로

바꾸고 있을 뿐이다.

삶은 내가 엄청난 노력을 한 끝에

결과적으로 얻어낼 수 있는 무엇이 아니다.

생각은 항상 우리를 비본질적인,

아상을 충족시키는 방향으로 몰아간다.

생각의 입장에서는 어떻게든 '나'를 도와야 한다.

이타적이기보다는 이기적인 쪽으로

늘 방향을 틀 수밖에 없는 것이 생각의 특성이다.

그렇기에 생각의 노예가 되면

아상을 강화하는 수행자답지 못한 행동,

욕심과 이기와 집착에 물드는 행동밖에 할 수가 없다.

그래서 생각 분별에 휘둘리면 안 되는 것이다.

집착 없이 행하는 자는

결과에 부담이 없으므로,

매 순간 자유롭고 열정적으로 행하지만,

삶은 가볍다.

이것이 진정한 자유인이다.

무엇이든 열정적으로 살지만,

가볍고, 무엇이 오든 받아들이며,

결과에는 연연하지 않는다.

집착 없이 원한다는 말은

결과에 대한 두려움에서

벗어난다는 것을 의미한다.

집착이 정말 놓아졌는지 아닌지를

살펴볼 수 있는 좋은 방법이 있다.

진급에 진짜 떨어지게 되더라도 괜찮은가,

하고 스스로 물어보는 것이다.

진급에 붙으면 좋겠지만

떨어져도 상관없을 정도가 되어야

진짜 집착을 놓았다고 할 수 있다.

그것은 완전한 내맡김이다.

같은 대상을 어떻게 분별하여 인식해 아는가에 따라

자신이 분별한 대로 삶은 만들어진다.

내가 어디에 마음을 둘 것인지,

그래서 무엇을 느낄 것인지는

언제나 내가 결정한다.

내가 좋아서 즐겁게 일을 했다면

그것이 훨씬 더 큰 행복을 가져다줄 것이다.

나를 버릴수록 삶은

더 큰 진가를 발휘한다.

아집을 내려놓을수록

일은 놀라운 방식으로 확장된다.

이것은 억지로, 죽기 살기로,

하기 싫지만 하는 일과는

근본적으로 다를 수밖에 없다.

. . . .

. . . .

. . . .

. . . .

. . . .

. . . .

. . . .

. . . .

. . . .

. . . .

. . . .

. . . .

. . . .

. . . .

. . . .

지혜롭게 사는 방법은

특별한 것이 아니다.

작고 소소한 기쁨을 찾아내서

더 많이 느낄 줄 아는 것이

삶을 풍요롭게 만드는 원동력이 된다.

돈이 많고 적은 것과는 상관이 없다.

그것은 선택의 문제일 뿐이다.

단지 행복, 그 자체가 중요하다.

그 어떤 조건과도 상관없이

본래부터 늘 드러나 있던

본래 행복, 본래 풍요를

깨닫는 것이 중요하다.

부자보다 더 근원적인 행복은

고요한 중립에 있다.

그 자리에 있으면

모든 비교가 사라지기 때문에

괴로울 것도 없이

그저 평화롭고 고요하다.

사랑을 내보내고

감사를 내보내고

만족을 내보내고

풍요를 내보내려면,

내가 사랑을 느끼고

감사를 느끼며

진정으로 만족하며

풍요로움을 느껴야 한다.

그것이 먼저다.

꽉 막힌 도로와 아름다운 단풍처럼

우리 주변에는 항상

나쁜 일과 좋은 일이 동시에 있다.

거기에서 무엇을 선택하고

어느 쪽에 마음을 기울여

어떤 감정을 선택할 것인지는

언제나 나의 선택일 뿐이다.

어떻게 해야 자기답게 일을 해낼 수 있을까?

자기다운 길을 열 수 있을까?

그러려면 자연스러워야 한다.

억지스럽지 않아야 하고,

그 일에 과도한 욕심이 개입되지 않아야 한다.

몸과 마음이 이완되어 있고,

큰 욕심과 집착이 없으며,

순수한 열정으로 주어진 일을 해나간다면,

바로 그때 저절로 가장 자기다운 길이 열린다.

일체 모든 것은

내 마음이 만들었다는 사실을 받아들이자.

그 누구도 원망할 필요는 없다.

내가 의식의 초점을

어디에 맞추느냐에 따라서

내가 만드는 세계가 창조된다.

지금 가지고 있는 것,

이미 있는 것에 대해서

기뻐하고, 감사하며, 감동하고,

만족하는데 초점을 맞춘다면,

그것이 지금 이미 있는 이것들을

더욱더 지속적으로 있게 하고,

좋은 것을 창조하게 하는 것이다.

상대방의 위대한 점에 대해

내 일처럼 칭찬해주고,

찬탄해주고,

진심으로 기뻐해줄 때,

놀랍게도

그의 위대한 덕목들이

내 것인 것처럼

나에게도 공명한다.

이것이 수희찬탄(隨喜讚嘆)의 공덕이다.

기쁜 마음으로 일하는 가운데

틈틈이 호흡을 가다듬고,

따뜻한 햇볕을 느끼고,

아름다운 자연을 감탄할 때

근원적인 행복이 깃들게 된다.

그렇게 행복과 평화,

고요와 같은 감정으로 채워질 때

우리의 인생은 아름다워진다.

time

, 나의 시간

현실은

언제나

내 마음의 투영이다

현실은 언제나 내 마음의 투영이다.

인연 따라서 온 모든 것들에 대해

취사간택하지 않고, 그저 내버려 두면,

그 모든 것이 자연스러운 실상작용이 되고,

아무런 문제를 만들어내지 않게 된다.

삶은 가벼워지고,

삶에는 아무런 일이 없다.

인연따라 모든 일은 일어나지만,

거기에 구속되지는 않는 것이다.

머무는 바 없이 집착하는 바 없이

자유롭게 살아가게 된다.

우리가 생각해야 할 것은

무엇을 끌어당길 것이냐가 아니다.

이 세상에 무엇을 내보낼 것인가,

죽을 때까지 이 세상을

얼마만큼 밝히고 떠날 수 있는가,

내가 내보내는 것으로 인해서

세상이 얼마만큼 밝아졌는가,

내가 따뜻한 말 한마디를 내보냄으로써

얼마나 많은 사람이 행복해할 것인가에

초점을 맞추어야 한다.

아주 작은 하나의 실천과 변화 속에

무한한 자비와 사랑이 담겨있다.

바로 그 하나의 실천에서부터

모든 것은 시작된다.

수많은 감동적인 나눔과 사랑,

기부의 이야기들은 언제나

작고 소박한 것에서부터 시작됐다.

지혜로운 이는

역경과 괴로운 일, 나쁜 일이 생길 때가

오히려 즐겁고 고마울 때인 줄 안다.

그것이 바로 업장 소멸이기 때문이다.

괴로운 삶이 있는 것이 아니라,

삶에 대한 나의 해석이 괴로울 뿐이다.

현실이 고통인 것이 아니라,

현실에 대한 해석이 고통스러울 뿐이다.

고통이 왔다면 그것은 해소될 절호의 기회다.

또한 그 문제가 해결되는 것을

완전히 허용함으로써,

온몸으로 그 고통을 받아들여 줄 때

업장 소멸뿐 아니라 덤으로

삶의 지혜까지 수확하게 될 것이다.

후회도, 자책도 하지 말고,

참회할 것이 있다면,

진심으로 참회할 뿐,

더는 과거를 들먹이지는 말라.

과거는 지나갔으며, 이미 없다.

그것을 이랬느니 저랬느니,

잘했니 못했니 하는 것은

진실에 대항하는 생각일 뿐이다.

그럴 시간에 지금 여기에 놓여있는,

내가 지금 충분히 바꿀 수 있는

현재를 바라보라.

진정한 치유는

고통, 상처, 통증은 없어져야만 한다는

자기 생각을 치유하는 것이다.

병의 피해자라는 생각을 치유해야 한다.

그리하여, 진정한 치유는 지금 이대로의

아픈 나, 상처받은 나, 고통스러운 나를

있는 그대로 깊이 받아들여 주고,

지금 이대로를 사랑해 줄 때 시작된다.

행복하고 순탄할 때뿐만이 아니라,

불행하고 힘들고 괴롭고 잘 안 풀려나갈 때,

그때도 우리 인생에

놀라운 가피와 은혜로 깃든 순간들이다.

고통, 좌절, 절망의 순간이야말로

매우 효과 있는 깨어남의 순간이다.

행과 불행, 순경과 역경은

서로 다른 방식으로

우리를 가르치고 있다.

누구나 힘들고 괴로웠던 순간들을 통해

큰 의식의 도약을 이루거나,

무엇을 깨닫곤 한다.

이 부분이 매우 중요함에도

사람들은 인정하려고 하지 않는다.

어떤 삶이 경험될 때

경험되는 그대로를

그저 있는 그대로 경험해주라.

경험되면 경험되는 그대로,

일어나면 일어나는 그대로,

보이면 보이는 그대로,

들리면 들리는 그대로.

그저 그렇게 모든 것을 있는 그대로

내버려 두면 된다.

살아온 길을 가만히 돌아보니

삶이란 무조건 힘들고 고통스럽고

어쩔 수 없이 이어지는 것이 아니다.

삶이란 있는 이대로 이렇게 아름다움을,

즐겁고 평화롭게 살 수 있음을,

행복하게 사는 것이 삶 본연의 모습임을

사부작사부작 깨닫곤 한다.

두려워하지 말고

부디 안심하라.

당신은 주어진 이 삶에서

완전히 안심해도 좋다.

어차피 알 수 없는 일은

알 수 없는 대로 두자.

모를 뿐인 현실을 알려고 애쓸 것은 없다.

'모를 뿐'임을 깨닫게 되면,

오히려 더 편안해진다.

완전히 내맡길 수 있기 때문이다.

나는 모르니 진리가 알아서

진리의 길을 가겠구나 하고 맡기는 것이다.

진실은,

과거에 일어난 일은 전부

일어나야 했었다는 사실이다.

왜 그럴까?

그것이 일어났기 때문이다.

과거는 건들지 말라.

어차피 우리는 다시 과거로 돌아가

그것을 바꿀 수도 없다.

현실만이 언제나 진실이다.

과거에 그 일이 일어난 것은

그때의 진실이었기 때문이다.

그러니 그 진실을 허용해주라.

진실을 진실 그대로 내버려 두라.

공연히 붙잡아 문제를 만들지 말고,

그저 한 발자국 떨어져서 묵연히 바라보라.

왔다가 가도록 허용하라.

무엇이든 최선을 다해

원하는 것은 이루기 위해 노력하고,

싫은 것은 거부하기 위해 노력하는 것은 좋다.

다만 최선으로 행했는데도 불구하고

그 상황이 여전히 바뀌지 않고 있다면,

그것을 있는 그대로 인정하고

허용할 줄 알아야 한다.

dream

, 나의 꿈

느끼는 바대로 / 삶은 / 창조된다

우리는 모두 자신에게

부여된 일과 업무를 통해

이 세상에 기여하고 있다.

자기 자신에게 주어진 일,

그것을 하는 것이야말로

바로 지금 내가 여기에 있는 이유다.

우주는 언제나

'내보낸 것이 곧 끌어당겨진다'라는

균형의 법칙에 따라 운영된다.

부자가 되고 싶다면 먼저

자신이 마음으로 풍요로움을 느끼고

만족하면서 베풀어야 한다.

베풀어야 끌어당겨지니 말이다.

대가 없이 진심으로 베풀면

그만큼만 차는 게 아니라

훨씬 넘게 차게 된다.

그리하여 더욱더 풍요로워지고 행복해진다.

'나는 풍요롭다'라는 생각으로 베푸는 것과

이 우주의 풍요로움을 내 것으로 만드는 것은

서로 다르지 않다.

괴롭고, 아프고, 슬프고, 답답하고,

가난하고, 남들보다 못난 그대로

당신은 온전하다.

그 모든 아프고 싫은 요소들이

없어지고 난 뒤에

더 완전해지는 것이 아니다.

그것을 없애려는 생각만 없다면,

지금 이대로,

그 모든 문제를 안고 있는 그대로

아무런 문제가 없다.

용서하게 되었을 때

사실은 상대방이 용서받는 것이 아니라,

나 자신이 용서받게 되는 것이다.

용서와 참회를 통해

내 마음이 맑게 정화되고 비워져야만

앞으로의 내 삶도 평탄해질 수 있는 것이다.

삶은 언제나

연기법의 이치대로

정확히 일어나야 할 일을

일어나야 할 바로 그때

일어나야 할 크기만큼

일어나게 만든다.

괴로움이 찾아올 때,

그것을 빨리 해결하여,

건너뛰려 하지 말라.

그것은 경험되기 위해 찾아온

저 너머로부터의 선물이다.

그 너머가 바로 지금 이대로이고,

나 자신이고, 지금 이것이라는

하나의 진실이다.

빨리 지나가게 하려고 애쓰지 말고,

그저 그것을 경험해 주라.

나를 찾아온 모든 것들은

경험되기 위해,

진리로써 온 것이다.

나를 괴롭히기 위해 찾아오는 것들은 없다.

오로지 우리를 돕기 위해,

깨닫게 하려고 온다.

쌓여있는 채 묵혀 두었던 그것들이

발산됨으로써 해결되기 위해 찾아온다.

그것을 해소하고 해결할 수 있는

가장 좋은 타이밍이 바로 지금이기에

지금 그것이 나에게 벌어진 것이다.

그것이 해소되지 않고 내면에 쌓이게 되면

지금보다 더 큰 폭발로 나를 괴롭힐지 모른다.

그것을 미리 예방하기 위해 현실로 드러나는 것이다.

이것을 흔히 업장 소멸이라고 부르지만,

업장이 두텁다는 의미를 꼭 나쁘게 볼 필요는 없다.

크게 보면 그것은 나를 돕고 있다.

나를 찾아온 모든 문제는

문제가 아니라

진실이며 진리로써 온다.

모든 번뇌는 그것이 곧 보리(깨달음)라는 사실을

깨닫게 해 주기 위해 온다.

모든 것은 인연따라

그곳에 있는 것이다.

꽃 한 송이조차도

그 자리에 피어있는 인연이,

이유가 있다.

추구하고 갈구하는

궁핍을 창조하는 마음보다는

만족과 감사라는 풍요를 창조하는

마음으로 바꾸어 보라.

그것이 곧 당신의 삶을 만들어 낼 것이다.

우연히 일어나는 일은 없다.

불평등하게 일어나는 일은 없다.

일어나지 말아야 할 일이

일어나는 일은 없다.

모두 인연에 따라

조화롭고도 균형 잡힌 일들이

일어나야 할 바로 그때

일어나고 있을 뿐이다.

추구하지 말고, 충족하라.

지금 여기에 자기 자신을 놓아두라.

지금과 만날 때, 우리는 온전히 충족된다.

내 마음이 넉넉하지 못한 것이지

물질이 넉넉하지 못한 것은 결코 아니다.

현실을 피해 달아나려 하던

모든 노력을 멈추고

지금 있는 이것과 함께

살아줄 때가 되지 않았나.

돈을 벌어 행복해지고 싶다면

'나 개인만을 위해 쓸 것이 아니라

이타적으로 남을 위해 쓰겠다'라는

정신이 바탕이 되어야 한다.

이 정신이 토대가 되어있는 사람만이

돈을 벌기 위해 노력하는 것도 행복하고,

벌어도 행복하고, 번 이후에

다시 베풀면서도 행복할 수 있다.

심생즉종종법생(心生卽種種法生)

심멸즉종종법멸(心滅卽種種法滅)

마음이 생기면 갖가지 만물이 생겨나고,

마음이 멸하면 일체 만물도 사라진다.

만법유식(萬法唯識)

세상은 곧 자기의식이 만들어내는 세상이다.

내가 마음을 내면 세상은 그것을 드러내 준다.

느끼는 바대로 삶은 창조된다.

청춘을 위한 부자수업 필사노트

나는 그저 내 길을 가면 된다

1판 1쇄 발행 2024년 3월 5일

글 법상
펴 낸 이 신혜경
펴 낸 곳 마음의숲

편집이사 권대웅
편 집 최은경
디 자 인 김은아

출판등록 2006년 8월 1일(제2006-000159호)
주 소 서울특별시 마포구 와우산로30길 36 마음의숲빌딩(창전동 6-32)
전 화 (02) 322-3164~5 **팩스** (02) 322-3166
이 메 일 maumsup@naver.com
인스타그램 @maumsup
용지 월드페이퍼(주) **인쇄·제본** (주)상지사 P&B

ISBN 979-11-6285-148-7(03810)